INSTITUT DE FRANCE.

ACADÉMIE FRANÇAISE.

DISCOURS

PRONONCÉS DANS LA SÉANCE PUBLIQUE

TENUE

PAR L'ACADÉMIE FRANÇAISE

POUR LA RÉCEPTION

DE M. DE MAZADE-PERCIN

Le 6 décembre 1883.

PARIS

TYPOGRAPHIE DE FIRMIN-DIDOT ET Cⁱᵉ

IMPRIMEURS DE L'INSTITUT DE FRANCE, RUE JACOB, 56

M DCCC LXXXIII

ACADÉMIE FRANÇAISE.

DISCOURS

PRONONCÉS DANS LA SÉANCE PUBLIQUE

TENUE

PAR L'ACADÉMIE FRANÇAISE

POUR LA RÉCEPTION

DE M. DE MAZADE-PERCIN

Le 6 décembre 1883.

PARIS

TYPOGRAPHIE DE FIRMIN-DIDOT ET Cie

IMPRIMEURS DE L'INSTITUT DE FRANCE, RUE JACOB, 56

M DCCC LXXXIII

ACADÉMIE FRANÇAISE.

M. Mazade-Percin (Louis-Charles-Jean-Robert de),
ayant été élu par l'Académie française à la place
vacante par la mort de M. le comte de Champagny,
y est venu prendre séance le 6 décembre 1883,
et a prononcé le discours qui suit :

Messieurs,

En venant prendre au milieu de vous une place due à
vos bontés, je veux me défendre de toute illusion. C'est un
privilège de l'Académie, privilège vieux comme elle, devenu
la plus précieuse de ses traditions, et toujours rajeuni, de
ne pas connaître de limites dans ses choix. Elle aime à se
faire honneur des noms brillants, de tout ce qui est la
lumière, la force ou le charme de cette société française
dont elle est l'image, et elle ne dédaigne pas les noms modestes. Vous avez voulu cette fois, sans doute pour ne
décourager personne, accueillir parmi vous un prétendant
à vos faveurs qui ne vous était recommandé ni par l'éclat
des grands rôles, ni par le retentissement de la tribune ou

1

des chaires publiques, ni par les succès de la poésie, du roman ou du théâtre, un homme qui n'a été jamais qu'un modeste écrivain faisant sans bruit son devoir, un simple soldat de l'armée littéraire. Et ne croyez pas que cet aveu ressemble à de l'humilité ; j'éprouve au contraire un grand orgueil à la pensée que vous avez pu me choisir, entre tant d'autres, comme un serviteur des lettres et quelquefois des causes justes. Je peux n'avoir pas d'illusions pour mon propre compte, j'ai de la fierté pour mon état, et à tous les titres je vous remercie d'avoir bien voulu m'ouvrir les portes de cette illustre maison où je reconnais partout des maîtres, où tenait si dignement sa place l'homme de bien et de mérite que vous avez perdu, que vous regrettez, qui alliait dans une si juste mesure l'honneur de la vie, l'intégrité du caractère et les savantes cultures de l'esprit.

Comme un des plus brillants modèles de nos vieilles lettres françaises, comme La Bruyère entrant à l'Académie il y a près de deux siècles, je pourrais à mon tour vous dire : « A qui me faites-vous succéder? A un homme qui avait de la vertu... (1) » M. le comte de Champagny était certes le plus vertueux des hommes; mais à la vertu qui lui était naturelle, il joignait le zèle de l'étude, le savoir, le goût des choses littéraires. Il s'était depuis longtemps signalé à vous par des œuvres historiques d'élite, et La Bruyère n'aurait pas pu dire de notre contemporain comme de son prédécesseur, l'abbé de La Chambre, que « sa piété, ses mœurs douces et chrétiennes » faisaient

(1) Discours de réception prononcé le lundi quinzième jour de juin 1693. — La Bruyère remplaçait à l'Académie l'abbé Cureau de La Chambre.

« passer légèrement sur son érudition et sur son éloquence ». Les vertus morales de votre confrère d'hier ne
faisaient pas oublier ses qualités littéraires ; les unes et les
autres se complétaient, se confondaient chez cet homme
rare qui, loin de rechercher les dignités publiques auxquelles il semblait destiné par sa naissance, a passé sa vie
à faire le bien sans ostentation, à combattre pour ses
idées, pour sa foi, sans blesser personne, honorant par ses
talents un nom déjà respecté.

Vous n'avez pas oublié des pages attachantes que M. de
Champagny a écrites dans ses vieux jours, où il a mis sous
la forme la plus discrète ses souvenirs, ses cultes hérédi-
taires, et auxquelles il a donné ce titre significatif : *Une
Famille d'autrefois*. C'est la peinture d'un coin de l'ancienne
France, de la société provinciale, telle qu'elle était dans le
Forez et dans les régions avoisinantes, la Franche-Comté,
le Bourbonnais ou l'Auvergne, à la veille de la révolution
de 1789. C'est la résurrection émue et ingénieuse d'une de
ces vieilles familles de noblesse locale qui restaient atta-
chées à leurs terres et à leurs mœurs, dont les chefs étaient
des gentilhommes, modestes serviteurs du roi, revenus
souvent, après vingt ans de guerre, avec des blessures, la
croix de Saint-Louis et des dettes. Vous trouverez dans
ces pages si animées des figures qui ont vécu. Il y a cette
jeune chanoinesse, pétillante de grâce et de vivacité, qui
porte au chapitre royal de Lons-le-Saunier son esprit, ses
goûts mondains et son forté-piano. Il y a un vieil oncle
qui, si je ne me trompe, est quelque peu impie et voltairien
comme son siècle. Il y a aussi ce jeune officier de marine
qui, à vingt-trois ans, a eu le temps d'être avec M. de

Turpin à Ouessant, avec M. d'Estaing à la prise de la Grenade, avec M. de Lamotte-Piquet devant la Martinique menacée par les Anglais, et qui, au retour, fêté dans la famille, rêve déjà un mariage préparé par l'amour. C'est tout un monde aimable et original, vivant dans ses châteaux de la Loire, assez étranger aux raffinements comme aux intrigues de Paris et de Versailles, gardant néanmoins jusque dans sa condition provinciale la distinction des manières et des goûts. On vit après tout simplement, heureusement, dans ce monde, sans se défier de l'avenir, sans entrevoir surtout l'aube enflammée déjà prête à rougir l'horizon.

Et maintenant franchissez quelques années, laissez passer l'orage qui va bouleverser et renouveler la société française en province comme à Paris : qu'est-il arrivé de ce paisible monde du Forez? Cette chanoinesse que vous avez vue si brillante, elle est tombée par un mariage inégal dans la pauvreté. Ce vieil oncle impie et frondeur dans son château somptueux, il est mort de saisissement en apprenant la captivité du roi. D'autres ont émigré. Quant au jeune officier de marine revenu après la guerre d'Amérique, il a représenté la noblesse de sa province à l'Assemblée constituante. Bientôt, au jour des proscriptions sanglantes il a été jeté dans une prison de Roanne, d'où il n'est sorti qu'après la Terreur. Puis, dès que cette société française si profondément ébranlée se rassied tout à coup dans un ordre nouveau, sous une main victorieuse, à la fois bienfaisante et redoutable, l'officier de marine, le député à l'Assemblée constituante éprouvé dans les luttes civiles est aussitôt distingué par celui qui peut tout et qui fait tout.

Appelé d'abord au Conseil d'État, il ne tarde pas à être
envoyé comme ambassadeur de la République consulaire à
Vienne, où il passe trois ans, aimé pour son caractère, respecté aussi pour le pouvoir glorieux, irrésistible qu'il représente, et là, pendant cette ambassade, lui naît un enfant nouveau. Cet enfant, Messieurs, c'est le confrère que vous
avez perdu, M. Franz-Joseph-Marie-Thérèse Nompère de
Champagny, né à Vienne en 1804, baptisé par le prince-
archevêque de Prague, en présence d'un empereur et
d'une impératrice d'Autriche qui lui ont donné leurs
noms. Quelle fortune étrange s'est plu à réunir cet éclat,
ces pompes, ces contrastes presque romanesques au ber-
ceau de celui qui devait être le plus simple et le plus
modeste des hommes?

Par sa naissance, votre confrère se rattachait donc à une
famille distinguée de ce pays du Forez dont il a décrit la
vie sociale dans ses souvenirs. Il avait pour père un homme
instruit et modéré que quelques-uns de nos plus anciens
contemporains ont pu connaître, cet officier de marine
d'autrefois qui est devenu sous l'Empire ministre de l'intérieur, ministre des affaires étrangères, intendant de la
Couronne, duc de Cadore, et qui aurait été toujours un
conseiller digne d'être écouté, si le maître qu'il servait
avait pu écouter un conseil. Il avait aussi une mère accomplie, dont une personne d'élite, Mme de Gérando, a pu dire
en ce temps-là : « La seule femme avec laquelle je me sois
liée un peu intimement est charmante, timide, douce
comme un ange, la modestie, la douceur, la piété en personne. » C'est dans ce sérieux et doux foyer que s'était
formé le jeune Franz de Champagny, tout imprégné des

influences domestiques, dirigé un peu plus tard dans ses études par un précepteur pieux, — vivant encore de sa vie d'enfant, tandis que s'accomplissaient et se précipitaient d'heure en heure, à travers le fracas des armes, les orageuses et retentissantes destinées impériales. Quelle eût été la carrière de M. Franz de Champagny, si l'Empire avait duré? C'est une question qui s'élève pour tous ceux qui naissaient comme lui vers 1804 et dont la jeunesse n'a pu avoir que la vision indistincte de ces prodigieux spectacles de la force tour à tour victorieuse ou vaincue.

Fils d'un dignitaire de l'État, d'une de ces familles que Napoléon se plaisait à créer ou à renouveler pour les associer à ses combinaisons de règne, M. Franz de Champagny, si l'Empire avait vécu, eût été sans doute appelé pour sa part à prendre son rang dans l'administration ou la diplomatie. Les évènements disposent des hommes comme des peuples. Avec la Restauration se dévoilait soudainement un avenir nouveau pour cette jeune génération née sous l'Empire et maintenant impatiente de vivre, de se jeter dans toutes les voies que lui ouvrait un régime de libérales et généreuses émulations. M. de Champagny, dont le père, le duc de Cadore, s'était promptement et franchement rallié à la Restauration, n'avait eu d'abord qu'à continuer de sérieuses études qui nourrissaient et fortifiaient son esprit en l'inclinant de plus en plus vers la foi religieuse de sa mère. Arrivé à l'âge d'homme, doué d'une gravité précoce, il avait un moment, vers 1827, occupé une place de substitut au tribunal d'Étampes; mais la destinée, à ce qu'il semble, ne voulait pas faire de lui un fonctionnaire, même un magistrat, à

une époque où c'était pourtant encore quelque chose
d'être un magistrat. En présence de la révolution de 1830,
qui venait bientôt le surprendre sur son modeste siège
de substitut et qui froissait ses jeunes convictions
royalistes, il croyait devoir se dégager par une démission
spontanée. Il obéissait sûrement à un scrupule de délicatesse et de loyauté. Peut-être aussi saisissait-il volontiers
l'occasion de reprendre son indépendance pour se livrer
à d'autres goûts, à d'autres penchants, pour pouvoir
défendre librement, sans entraves, des opinions qui lui
étaient chères. Déjà, en effet, même pendant sa courte
magistrature, il s'était affilié à une société littéraire com-
posée surtout de jeunes gens, formée sous un drapeau
religieux. Il s'essayait timidement, obscurément encore
à être un écrivain. Depuis sa démission de 1830 il n'a pas
cessé de l'être, et il n'a été rien de plus qu'un écrivain,
témoin ému, instruit des évènements, des crises morales
qui n'ont pas manqué dans ce demi-siècle.

On reste toujours plus ou moins du temps où l'on a été
jeune. On garde l'éternelle marque de ces premiers beaux
jours où l'on est né à la vie intellectuelle. M. de Champagny avait commencé sous la Restauration, à ce moment
qui a été le printemps du siècle, où tout se renouvelait, et
l'éloquence et l'histoire et la poésie et les arts, — où un
souffle de passion généreuse vivifiait et ennoblissait toutes
les luttes de l'esprit. Dans ce grand mouvement de renais-
sance, à travers la mêlée des idées et des opinions, deux
camps s'étaient formés par degrés vers la fin de la Restauration. Tandis que les jeunes philosophes du *Globe*, serviteurs de la raison émancipée, se livraient à leurs spé-

culations hardies et agitaient tous les problèmes de la
pensée, d'autres jeunes gens venus de points bien divers,
rapprochés par les croyances religieuses, mettaient en
commun leur zèle et fondaient, eux aussi, un journal, *le
Correspondant.* Ces jeunes gens, qui avaient les idées de leur
temps et le feu de leur âge, se proposaient de réconcilier
leur église avec le siècle, avec la société de 1789. C'étaient
des royalistes constitutionnels et des catholiques libéraux
qui ne voulaient ni aller à la révolution et au schisme, ni
s'enchaîner à des traditions d'immobilité et d'absolutisme,
qui réclamaient le droit commun pour leur culte, la liberté
pour l'enseignement de leur foi. Vous les avez connus,
Messieurs, vous avez compté dans vos rangs quelques-uns
de ces jeunes gens qui sont devenus l'honneur du pays, et
le généreux Montalembert, et Lacordaire, le puissant nova-
teur de la parole chrétienne, et le digne Carné. Il y avait
aussi à l'origine d'autres hommes de talent et de dévouement modeste comme M. de Cazalès, le fils de l'illustre
constituant, qui se préparait au sacerdoce. Je ne parle que
des morts, de ceux qui, dans ce passé déjà si lointain, ont
été l'élite d'une génération, les inaugurateurs d'une tradition continuée depuis.

M. de Champagny était de cette école qui avait levé son
drapeau aux jours paisibles de la Restauration et qui, au
lendemain de 1830, avait à le porter dans des circonstances singulièrement périlleuses, au milieu d'une crise
universelle d'institutions et d'idées. Libre désormais de
toute fonction, il se dévouait plus activement à cette cause
religieuse menacée sans doute par les déchaînements révolutionnaires, plus compromise encore peut-être par le

génie orageux qui venait d'engager dans le journal *l'Avenir* une si redoutable campagne au nom de l'Église. Il s'était lié d'amitié avec M. de Cazalès et M. de Carné au *Correspondant;* avec eux il concourait bientôt à une œuvre nouvelle de publicité, — la *Revue Européenne,* — créée comme une sorte de camp de réserve ou de refuge pour tous ceux qui refusaient de suivre l'abbé de Lamennais dans ses audaces de prêtre déjà plus qu'à demi révolté et de s'associer à une propagande de révolution à outrance dans l'Église comme parmi les peuples. M. de Champagny et ses collaborateurs avaient évité l'éclat d'une rupture avec les jeunes et impétueux disciples de l'abbé de Lamennais qui n'avaient pas cessé d'être pour eux des amis; ils tenaient à rester séparés, indépendants de cette téméraire et compromettante avant-garde de l'*Avenir.* Ils représentaient dans la *Revue Européenne* des traditions plus correctes de catholicisme. Ils ne laissaient pas néanmoins d'avoir, eux aussi, les ardeurs de la lutte, de mettre une certaine véhémence dans leur opposition contre un régime nouveau qu'ils combattaient un peu en catholiques, un peu aussi peut-être par fidélité à la monarchie disparue. Ils se montraient assez âpres, assez durs pour ce Gouvernement de Juillet né de la veille et réduit à se défendre contre tous les dangers. Ils allaient parfois assez loin dans leurs polémiques, — et il leur arrivait même un jour d'attirer sur eux la foudre sous la forme d'un procès!

Oui, sans doute, ces défenseurs de la religion pouvaient être un peu exigeants, un peu injustes, et ils avaient probablement tort puisqu'il y eut condamnation. C'était pourtant, il faut l'avouer, une idée bien extraordinaire de

traduire en accusé devant un tribunal l'honnête et pieux
M. de Cazalès, auprès de qui M. de Champagny se trouvait
ce jour-là comme défenseur, comme témoin, presque
comme coaccusé. Vous me permettrez de croire qu'on
aurait pu mieux employer son temps qu'à chercher des
coupables parmi de tels hommes qui n'ont pas l'habitude
de renverser des Gouvernements et j'ajouterai qu'il est toujours dangereux pour la politique de paraître associer la justice à ses représailles, en faisant condamner des gens de bien.
Cela n'arrive qu'à certains moments, lorsqu'on est sorti
de l'ordre et qu'on n'y est pas encore rentré. M. de Champagny, sans avoir été lui-même condamné, avait gardé une
profonde et naïve impression de cet incident qui l'avait
touché dans ses sentiments d'ancien magistrat et de chrétien aussi bien que dans son amitié pour M. de Cazalès. Il en
avait souffert comme d'une blessure personnelle. Il n'avait
pas cherché le bruit, il le cherchait et l'aimait encore
moins après ce procès. Tout, d'ailleurs, changeait déjà
autour de lui. Les luttes politiques et religieuses livrées au
lendemain de 1830 commençaient à s'apaiser. L'*Avenir*
avait disparu dans l'éclat de la rupture de M. de Lamennais,
demeuré seul dans son schisme. La *Revue Européenne* disparaissait à son tour pour ne renaître que plus tard en re-
prenant le nom du *Correspondant*. On rentrait par degrés
dans une certaine paix, au moins pour le moment, et M. de
Champagny, sans se détacher des affaires de sa foi, se donnait au travail, à ces études de l'histoire qui ont mûri son
talent et occupé sa vie pendant près d'un demi-siècle, à
travers toutes les révolutions nouvelles.

Comment un homme qui, par sa position, par ses traditions de famille comme par les dons sérieux de l'esprit, semblait destiné aux carrières publiques, s'est-il trouvé conduit à éviter tout ce qui tente les autres hommes, à s'enfermer discrètement dans la vie studieuse et recueillie d'un lettré? Évidemment votre confrère aurait pu rester ou redevenir un magistrat honoré sous la monarchie de Juillet; il aurait pu aspirer à une place dans les Assemblées de 1848 à côté de Montalembert, de Lacordaire, de son ami l'abbé de Cazalès, et avec son nom il n'aurait eu probablement qu'à le vouloir pour être un sénateur du second Empire. Il ne l'a pas voulu, il a toujours préféré aux rôles officiels l'indépendance dans l'obscurité de la vie privée. C'était un peu, chez M. de Champagny, le penchant d'une nature modeste et désintéressée, timide et fière. Il se peut aussi qu'il n'attendît rien de ces régimes qu'il voyait se succéder, qui ne répondaient ni à ses instincts politiques ni à ses sentiments religieux, qui ne lui apparaissaient que comme les phases incessamment aggravées d'une révolution sans terme. Peut-être enfin cet éloignement invincible pour les rôles publics, ce goût de retraite et d'obscurité si caractéristiques chez lui tenaient-ils surtout à une de ces circonstances intimes qui sont le mystère douloureux d'une existence humaine.

Il est des points délicats auxquels on ne peut toucher qu'avec respect. M. de Champagny, peu après 1830, lorsque son père le duc de Cadore vivait encore, avait fixé sa vie intérieure. Il avait choisi dans sa propre famille une personne digne de lui, une compagne qui méritait d'être associée à toutes ses pensées, à ses sentiments, à ses épreuves, et qui jusqu'à la dernière heure l'a entouré du plus touchant dévouement. Il n'aurait eu rien à envier si aux graves douceurs de cette longue union sans trouble n'était venu se joindre pour lui un chagrin aussi cruel qu'imprévu. Je me souviens d'avoir entendu raconter par un de vous qu'un jour, il y a peu d'années, on avait été frappé de l'intérêt avec lequel votre confrère suivait une discussion sur les sourds-muets : peu de personnes connaissaient la raison touchante de cet intérêt. C'est que M. de Champagny avait eu d'assez nombreux enfants qui ne pouvaient ni l'entendre ni lui parler, et de plus il les avait perdus successivement. Il avait été surtout cruellement atteint par la mort d'un fils arrivé à l'âge de dix-huit ans, le seul de ses enfants qui eût la parole. Pendant sa maladie, ce jeune homme, se débattant déjà dans l'agonie, sous le regard désespéré de ses parents, laissait échapper ce seul mot : Mon père ! Et M. de Champagny, se tournant vers la mère en larmes, lui disait d'un accent navré : « Écoutons bien ce mot-là, désormais nous ne l'entendrons plus! » Ce nom de père recueilli sur les lèvres d'un fils expirant et douloureusement regretté, M. de Champagny ne devait plus l'entendre en effet. Il ne lui restait qu'une fille qui ne pouvait le lui donner, mais qui a pu du moins tempérer pour lui l'épreuve amère par ses qualités, en faisant de plus revivre cet homme de bien dans des petits-enfants à qui la nature plus clémente n'a pas refusé le don de la parole.

Ces circonstances cruelles, par instants adoucies, toujours pesantes cependant, avaient mis depuis longtemps la tristesse au foyer de M. de Champagny, et je dirai presque sur sa physionomie. Il vivait d'habitude assez retiré, étranger au monde, plus encore aux mêlées, aux compétitions ou aux ambitions de la politique, parlant peu et jamais de lui-même, comme un homme alliant à une parfaite distinction la timidité ou la réserve d'une peine intérieure. C'était sa vie. Il lui restait deux grandes ressources pour échapper autant que possible à la fixité de ses préoccupations douloureuses, pour animer cette solitude où il s'était enfermé depuis bien des années. Il avait trouvé de plus en plus un dédommagement et une force dans un profond sentiment religieux qui l'aidait à supporter sans murmure les coups qui le frappaient. Le chrétien pansait les blessures du père. Une piété active et forte lui était un secours contre ce qu'il appelait la « rupture des liens terrestres ». Tout le monde n'a pas ce bonheur. Il avait trouvé aussi une autre consolatrice, plus humaine et toujours généreuse, dans l'étude, qui ne fait rien oublier, mais qui élève l'esprit au-dessus des épreuves d'une destinée ingrate. Préparé à tout par une forte éducation classique, armé de la connaissance des langues littéraires anciennes et modernes, doué d'une intelligence studieuse et réfléchie, il s'était mis dans sa vie retirée à lire ou à relire Tacite et Suétone, et de ces pages vigoureuses ou familières il voyait se dégager le passé romain. Il n'avait pas sûrement découvert Suétone et Tacite ; il les interprétait avec art, faisant son apprentissage de l'histoire par ces portraits d'un si vif relief qu'il consacrait aux premiers Césars, qui dès 1836 paraissaient dans la *Revue des Deux-Mondes* : car M. de Champagny a été pour beaucoup d'entre vous, devenus des maîtres, un prédécesseur à la *Revue des Deux-Mondes*, et vous me permettrez, à moi qui viens à la suite de tant d'éminents collaborateurs, de ne pas oublier la maison où nous nous sommes rencontrés. Ces portraits des premiers Césars qui frap-

paient si vivement à leur apparition n'étaient d'ailleurs que
le début d'une série d'essais et de tableaux sans cesse
repris par l'auteur, continués par *Rome et la Judée*, ce dramatique récit des années de la prise de Jérusalem et de la
révolution Flavienne, — puis par les *Antonins*, puis enfin
par les *Césars du troisième siècle*. C'est le travail persévérant de trente années. L'auteur y est toujours revenu avec
prédilection, réalisant et justifiant le mot de Montesquieu :
« On ne peut jamais quitter les Romains! »

Nous vivons dans un temps où le génie de la curiosité et
des recherches a renouvelé l'histoire de tous les siècles et
de toutes les nations, de l'antiquité latine comme de l'antiquité grecque, de l'Orient comme de l'Europe. Assurément,
depuis l'époque où M. de Champagny commençait ses études, bien des découvertes ont été faites, bien des travaux
d'une érudition savante ou ingénieuse se sont produits en
France aussi bien qu'en Allemagne ou en Angleterre.
L'histoire elle-même, l'histoire proprement dite s'est aidée
de ces sciences nouvelles ou perfectionnées, l'archéologie,
l'épigraphie, la numismatique, l'ethnologie, qui toutes ont
contribué à mettre plus de vie, plus de précision et de
couleur dans la résurrection des races et des civilisations
disparues. Ce n'est point peut-être que les résultats de
ce vaste et hardi travail d'érudition soient toujours abso-
lument certains. Il se peut que plus d'une hypothèse se
mêle aux faits les mieux constatés, que les uns mettent
un peu de fantaisie et de chimère dans leurs interpréta-
tions, que d'autres cèdent parfois à la tentation de se
servir du passé pour « plaider les causes du présent » et
de refaire les personnages anciens à leur image ou à leur

usage; c'est possible. Le mouvement, dans son ensemble, ne reste pas moins aussi brillant que fructueux, et l'histoire ainsi refaite, c'est vraiment le passé rendu à la vie.

M. de Champagny, il ne faut pas l'oublier, avait été un ouvrier de la première heure dans les études romaines. Au moment de ses débuts d'historien, il ne pouvait connaître tout ce qui n'a été fait que plus tard. Il savait lui-même tout ce qui lui avait manqué, et il le disait avec candeur; mais s'il avait commencé sans avoir à sa disposition toutes les ressources de l'érudition moderne, il se faisait un devoir de ne rien négliger pour se les approprier, de profiter des lumières nouvelles qui s'offraient à lui. Il mettait tout son zèle à se tenir au courant des vraies découvertes de la science. Il interrogeait, lui aussi, les médailles, les inscriptions, les monuments, les ruines, tout ce qui pouvait rendre témoignage du passé. Votre confrère étendait ses recherches à tous les éléments d'une civilisation puissante, et c'est ainsi qu'il traçait cette série de tableaux allant de Jules César jusqu'à Constantin à travers douze générations humaines, embrassant à la fois la vie sociale, les mœurs, la religion, les lettres, le commerce, les révolutions de la Rome impériale. OEuvre de savoir et de conscience, déroulant de siècle en siècle, à travers la mêlée des évènements et des hommes, le drame d'une grande décadence : éternelle leçon pour ceux qui ne veulent pas tomber!

S'il y eut jamais en effet un spectacle saisissant et instructif, c'est celui de cette superbe race romaine qui, après avoir connu toutes les grandeurs, après avoir conquis l'univers connu par le génie et par les armes, commence à chanceler dans sa puissance pour s'abîmer par degrés dans une vaste décomposition. S'il est une ère de l'histoire toujours digne d'être méditée, c'est cette période de trois siècles pendant lesquels s'accomplit ce grand déclin et se prépare, au milieu de la dissolution croissante de l'empire, une des plus prodigieuses métamorphoses du monde.

Tant que cette vigoureuse race prédestinée pour la politique et pour l'action reste elle-même, fidèle à ses mœurs, à ses lois, à ses cultes, à sa discipline, en un mot, à son génie, elle s'élève et grandit. Elle fait de la République romaine cette puissance qui conquiert l'Italie d'abord, puis le monde, étendant par degrés sa domination du Rhin et du Danube à l'Afrique, des bouches du Tage à l'Euphrate, des îles de Bretagne à la Grèce, à l'Égypte, à la Syrie, de l'Occident à l'Orient. Elle réalise autour de la Méditerranée cet idéal d'une gigantesque unité de civilisation dont elle est la souveraine régulatrice, la personnification vivante et armée. Lorsque Rome, livrée au cosmopolitisme de la conquête en même temps qu'aux agitations intestines, perd, avec le sentiment primitif de la patrie, la sévérité des mœurs, le respect de la loi, la force de sa discipline, l'attachement à ses cultes traditionnels, elle est déjà sur la pente fatale. Tandis qu'elle conquiert encore de toutes parts, elle se déprave dans sa vie intérieure par les conflits de faction, par les compétitions de tyrannie, par l'intervention de la force militaire ou de la plèbe stipendiée dans des luttes toujours renaissantes, et bientôt elle touche à ce point culminant où, en régnant sur le monde, elle ne règne plus sur elle-même. Le jour vient où, lassée de guerres civiles, de proscriptions et d'anarchie, elle se réveille sous ces pouvoirs sans frein

auxquels César donne son nom, qui en lui laissant l'illusion de la grandeur vont être la forme de la décadence
romaine. M. de Champagny avait justement choisi comme
le point de départ de ses études l'heure où Rome se pré-
cipite dans la servitude de l'empire.

Ce n'est point sans doute que cet empire, sorti de la cor-
ruption des guerres civiles et de la république, n'ait lui-
même ses dehors éclatants ou ses compensations, et que dans
cette suite d'empereurs qui vont se transmettre un scep-
tre ramassé dans le sang il n'y ait parfois de bons princes.
Ce n'est pas que cette décadence apparaisse dès le premier jour et s'accomplisse sans qu'il y ait des réveils de
fierté, une sorte de protestation continue du vieil esprit
romain. « Au moment où Néron prospère, a dit un de vos
grands confrères, Chateaubriand, Tacite est déjà né dans
l'empire et croît auprès des cendres de Germanicus. » Au
milieu du silence, devenu désormais la loi de l'empire, sur-
vivent des hommes, des patriciens généreux, des philosophes stoïciens qui font encore entendre un accent libre,
qui gardent le culte de la Rome ancienne et sévère en
face de la Rome débauchée et dégradée des empereurs.
Ils représentent la seule opposition possible, l'opposition
des idées et des souvenirs. Il se peut même que la décadence semble conjurée ou suspendue par des empereurs
plus politiques ou plus sages que le système des adop-
tions porte au trône. Après d'effroyables règnes Rome
a la fortune de rencontrer un Trajan, un Hadrien, un
Antonin, qui donne son nom à son siècle. Il se trouve un
Marc-Aurèle, l'empereur philosophe, méditatif et religieux
dans ses pensées, humain et juste dans son gouvernement,

sévère dans ses mœurs, presque bonhomme dans son
ménage, et désabusé de la vie. Seulement, de même que les
esprits libres, les stoïciens ne représentent plus qu'une
protestation inutile, les empereurs sages et justes ne sont
qu'un accident heureux. Auguste a eu pour lendemain
Tibère, Marc-Aurèle a pour lendemain le maniaque Commode. La décadence à peine interrompue reprend son
cours dans cette société dévorée de corruptions, sous ces
Césars qui règnent par l'abaissement du patriciat, par
l'avilissement d'un peuple nourri et amusé, par l'appel
incessant aux prétoriens, — s'élevant ou tombant tour à
tour par le meurtre, jusqu'au jour où ils n'ont plus à se
disputer que les lambeaux d'un empire disjoint.

Cette décadence, elle dure trois siècles, sous des maîtres
qui ne sont parfois que des fous sanguinaires ou de vani-
teux histrions se déifiant dans leurs vices ; mais tandis que
s'accomplit cette décomposition croissante d'une société,
une autre lumière se lève à l'horizon. Tandis que les
mœurs romaines se corrompent et que les doctrines
anciennes s'altèrent ou s'obscurcissent, des mœurs plus
pures se forment, des idées inattendues se répandent
déjà sous une influence mystérieuse. Dans un coin de la
Judée est née une religion encore inconnue qui ne ressemble à aucun des cultes honorés ou accueillis dans l'empire.
Les chrétiens, puisque tel est le nom des disciples de la
religion naissante, les chrétiens qui n'ont pour eux ni les
richesses, ni les dignités, ni l'appui des pouvoirs, ni la
popularité, ne tardent pas néanmoins à se multiplier: ils
commencent à pénétrer jusque dans la Rome de Néron et
à devenir ou un objet de surprise ou un objet de haine.

Vainement ils ont à subir les persécutions dont Néron
donne le signal après l'incendie de Rome et qui doivent
se renouveler de règne en règne : ils triomphent par les
supplices et les martyres, fécondant de leur sang la foi qui
porte aux hommes le rajeunissement moral. De proche en
proche ils se répandent dans toutes les parties de l'empire,
dans toutes les classes, parmi les barbares comme parmi
les Romains les plus raffinés. Ils conquièrent à leur tour
le monde, et bientôt il se trouve que cette unité créée
par la puissance romaine passe en héritage à la doctrine
nouvelle, à cette civilisation chrétienne, assez large pour
s'étendre à tous les peuples, pour s'adapter à tous les
génies, assez vivace pour durer dix-huit siècles.

La décomposition de la société païenne de Rome,
l'ascension du christianisme à l'horizon du monde, c'est le
double tableau que M. de Champagny a voulu tracer, et à
parler franchement on pourrait dire sans doute qu'il ne
peint en traits si vifs les misères, les corruptions de la décadence impériale que pour mieux faire ressortir les grandeurs chrétiennes. S'il n'était impitoyable que pour un
Tibère, un Néron, un Commode, pour les dépravations
d'un paganisme effréné, rien de mieux. Je ne sais s'il est
assez indulgent ou assez juste pour d'autres personnages
anciens, même pour des empereurs comme Antonin ou
Marc-Aurèle, s'il ne force pas un peu la couleur de ses
peintures, s'il voit toujours cette antiquité romaine telle
qu'elle a été. Il n'aurait pas voulu, je pense bien, être
trop impartial, trop modéré. Il écrivait l'histoire en chrétien militant, il ne le cachait pas, et M. de Sacy, cet esprit
si fin, si religieux lui-même, pouvait lui dire en lui donnant

la bienvenue parmi vous : « Vous aussi, Monsieur, per-
mettez-moi de vous le dire en face, vous êtes un homme
de parti. Vos œuvres portent toutes l'empreinte profonde
du parti dont vous êtes. Vous êtes chrétien toujours, partout, avant tout... » Votre digne confrère l'entendait bien
ainsi ; il restait l'homme de son culte, en déroulant les
annales romaines, comme il était chrétien dans ses opinions, dans ses jugements sur les affaires morales, philo-
sophiques, politiques de son temps. Il ne séparait pas
dans sa pensée ce que dix-huit siècles ont confondu, la
loi religieuse qui, un jour, a transformé le monde et la
marche incessante des sociétés humaines.

Votre confrère, j'en conviens, trouvait à redire à beaucoup de philosophies et de systèmes qui promulguent des
fantaisies ou de vieilles banalités d'irréligion comme des
vérités et qui, en croyant émanciper la raison, n'émanci-
pent que les passions. Non certes, il n'était pas de ceux
qui croient avoir découvert tout à coup qu'un jour, il y a
dix-huit cents ans, sous Tibère, la civilisation s'est arrêtée
en butant contre une croix et a depuis déplorablement
dévié, que d'innombrables générations ont erré en s'ins-
truisant dans le sermon sur la montagne, et que l'univers
les attendait, eux les réformateurs, pour redresser enfin la
marche de l'humanité égarée et abusée. Il ne croyait pas
cela ! Il n'était pas de ceux qui se figurent que le progrès
consiste à retourner en arrière, au delà de la croix, à
débarrasser les hommes de la doctrine qui les a relevés,
ennoblis, pour revenir à un paganisme mal déguisé, et qui
commencent par bannir Dieu de leur évangile, les emblèmes
religieux des écoles, des prétoires. même des asiles de la

mort. Il ne croyait pas encore cela! Il restait convaincu, avec les plus illustres esprits de tous les temps, que cette doctrine descendue de la croix avait renouvelé la terre, qu'elle avait pénétré dans les mœurs, dans les pensées, dans les lois, dans les institutions, et que, de ce travail auquel ont concouru tant de peuples, tant de générations, est sortie en définitive cette belle œuvre qui s'appelle la civilisation européenne. Ceci, il le croyait pour l'avoir lu dans l'histoire, pour avoir suivi en quelque sorte à la trace cette influence chrétienne qu'il avait vue naître dans la décadence romaine. C'était la conviction réfléchie d'un esprit éclairé par l'étude; c'était aussi la foi profonde d'une âme religieuse, et cette foi n'avait pour lui rien d'abstrait ou de simplement idéal, elle était toute pratique, elle passait dans sa vie, dans ses actions de chaque jour, comme dans ses opinions.

Le sentiment religieux qui animait M. de Champagny, qui l'inspirait dans ses écrits, n'avait rien de vulgaire. Il occupait avec les lettres la plus grande partie de la vie de votre confrère; il se traduisait sous la double forme d'une piété sévère et d'une bienfaisance aussi active que discrète. M. de Champagny n'avait pas la piété bruyante, je dirai presque offensante de ceux qui ont toujours l'air de faire leurs dévotions en public; il avait la piété simple, droite des humbles, des cœurs sincères qui conforment leurs actes à leur foi sans ostentation, sans affectation. Il pratiquait scrupuleusement parce qu'il croyait profondément, et si on le savait, ce n'est pas qu'il en parlât jamais, c'est parce qu'on pouvait le voir tous les jours se rendre à son église, aller se confondre dans la foule ou s'agenouiller sur une dalle cherchant dans la prière un apaisement à ses peines. Il agissait en chrétien qui ne faisait ni mystère ni étalage de ses croyances, qui pensait de plus que, sans livrer les doctrines, il faut toujours montrer « du respect et de la douceur envers les hommes », que la religion ne gagne rien à la « dureté des paroles ».

Cette piété s'alliait chez M. de Champagny à un sentiment généreux de toutes les misères humaines, elle était la source d'une bienfaisance qui ne se lassait pas. Votre confrère était bienfaisant comme il était pieux, sans éclat, sans effort. Il ne donnait pas comme un riche distribuant des secours d'une main distraite, un peu par vanité ou par habitude ; il se faisait une idée aussi élevée que délicate du devoir résumé dans ce beau mot de charité, qui ne veut pas dire seulement assistance matérielle ou officielle, qui signifie amour des malheureux ; il voyait dans les abandonnés et les misérables, dans tous les déshérités de la fortune des créatures humaines que sa foi lui disait de respecter, qui relevaient du maître commun. Il réalisait le mot d'un de vos plus illustres confrères : « Qui donne aux pauvres prête à Dieu ! » M. de Champagny prêtait tant qu'il pouvait à Dieu ! Chaque jour régulièrement il remettait à un pauvre une petite somme, et le dimanche il augmentait la somme. S'il était empêché, il se faisait discrètement suppléer. C'était invariable. Qu'il fût à Paris, qu'il fût l'été dans cette maison de campagne de Trois-Moulins qu'il possédait auprès de Melun, où il a voulu être enseveli auprès de son fils, il n'oubliait jamais son service envers les pauvres. Toute sa vie, partout où il avait résidé, il avait été de toutes les associations charitables, de toutes

les œuvres de bienfaisance. Il donnait à ces associations
son dévouement avec ses secours, et son dernier acte
public était une allocution prononcée quelques semaines
avant sa mort à l'assemblée annuelle de l'œuvre touchante
de l'hospitalité de nuit. Cet homme de bien passait sa vie
à chercher des occasions de charité.

Quand M. de Champagny n'était pas à ces œuvres qui
attiraient et occupaient son dévouement, il était au milieu
de vous, Messieurs. Vous aviez satisfait la seule ambition
mondaine qu'il pût éprouver en lui accordant un honneur
que l'historien des Césars avait mérité. Il trouvait ici le
goût des choses élevées de l'esprit, l'aménité des rapports.
la liberté entre intelligences qui se respectent; il vous portait son savoir, sa droiture, la distinction d'un homme bien
né. Vous le connaissiez, vous n'aviez pas tardé à lui confier
la mission qui pouvait le mieux le tenter; depuis plusieurs
années vous l'aviez chargé de préparer vos décisions sur les
prix de vertu. On ne pouvait certes choisir un juge d'in-
struction plus compétent en fait de vertu. Votre confrère
remplissait cette mission délicate avec de généreux scru-
pules qui étaient pour vous une garantie. Il se plaisait
d'ailleurs, vous le savez, à remplir tous ses devoirs acadé-
miques, assistant assidûment à vos séances, prenant part à
vos travaux, à vos débats intérieurs. Il n'a jamais fait, je
le crois, beaucoup de bruit. Il y a cependant deux circonstances où il a montré ce qu'il valait, où tout semblait se
réunir pour relever son rôle par le piquant des contrastes
et l'imprévu des situations.

La première de ces circonstances, c'est la réception
même de M. de Champagny que l'Académie avait donné

pour successeur à M. Berryer. La fortune académique a de ces combinaisons! L'homme de recueillement et de méditation, qui était la modestie, la timidité même, avait à vous entretenir de celui qui, pendant un demi-siècle, a été le héros de la parole dans les assemblées et dans les prétoires, de ce fascinateur puissant et attachant, chez qui tout était éloquence, la voix, le geste, l'attitude, la physionomie, le cœur, l'imagination; il avait à vous rappeler, à vous laisser au moins entrevoir cette époque de splendeurs oratoires qu'on n'oubliera pas, où régnaient, et un Berryer, et un Guizot à la grave et forte parole, et un Montalembert à l'accent vibrant et impétueux, et celui dont je crois voir encore l'image dans l'ami fidèle de toutes les heures, celui que des évènements douloureux autant que mémorables devaient appeler au soir de sa vie à délivrer, à pacifier et à gouverner la France. Pour un homme de retraite et d'étude, étranger aux agitations du temps, c'était une difficulté d'avoir à faire revivre ces luttes d'autrefois, et c'était, dans tous les cas, pour lui une nouveauté. M. de Champagny se montrait digne de sa tâche, en vous rendant d'un trait juste et ému son grand prédécesseur.

Une autre circonstance d'un ordre différent lui était aussi une épreuve sérieuse. M. Littré avait été élu par vous, et celui qui devait le recevoir était M. l'abbé Gratry, « prêtre intelligent et doux », fils de cet Oratoire renaissant qui a retrouvé naguère parmi vous un digne et éloquent représentant. M. l'abbé Gratry était mort, et M. de Champagny se trouvait chargé de recevoir M. Littré. Quel contraste entre ces deux hommes! D'un côté le penseur stoïque, le philosophe sévère cherchant uniquement dans

la science des choses terrestres, dans les faits sensibles le
secret de l'univers, dépouillant inexorablement le monde
de l'idée de l'infini et d'une cause suprême, de toutes les
poésies du mystère et de la foi ; de l'autre côté, le chrétien
pieux attaché de cœur et d'âme à son dogme, inébran-
lable dans ses croyances, tout plein d'un religieux spiri-
tualisme. Ces deux hommes, placés aux deux extrémités
du monde moral, se ressemblaient cependant en un point,
ils avaient la même intégrité de conscience, la même sin-
cérité, ils étaient faits pour se respecter. Il y avait comme
un drame dans cette rencontre ! M. de Champagny se
faisait un devoir de concilier l'indépendance de sa foi avec
le respect qu'il devait à M. Littré, et cherchant ce qui les
rapprochait plus que ce qui pouvait les diviser, il lui
disait d'un accent généreux : « Ce n'est pas seulement ici
un académicien qui répond à un académicien, c'est une âme
sincère qui parle à une âme sincère ; elle a besoin de s'expliquer, et elle est sûre qu'elle n'offense pas. » Il n'offen-
sait pas M. Littré par ses explications, il lui témoignait
l'estime que vous lui portiez tous. C'est le propre de votre
institution de rapprocher les hommes par « la bienveil-
lance des sentiments et la politesse des habitudes », de
créer un de ces commerces élevés dont M. de Champagny
goûtait vivement le charme, en y mettant lui-même son
urbanité et sa loyauté.

Oui, Messieurs, votre confrère aimait l'Académie,
comment dirai-je ? pour les vivants qui l'honorent, pour
les satisfactions d'esprit et de bonne compagnie qu'il rencontrait au milieu de vous ; il l'aimait aussi, je dirai
pour les morts, pour tout ce qui lui parlait du passé,

pour la longue tradition que vous représentez. Il voyait ici, au milieu des révolutions qui ont ébranlé le monde, une de ces institutions qui ne périssent pas parce qu'elles se renouvellent sans cesse, parce qu'elles sont comme la patrie continuée sous une de ses plus nobles formes. Il pouvait, par votre propre histoire, remonter le cours de l'histoire de la vieille France jusqu'à celui qui fut votre fondateur, qui, selon le mot de votre illustre doyen, « rechercha la gloire de l'esprit et se fit le chef des hommes de lettres » en même temps qu'il « étendait une de ses mains sur l'Europe et portait l'autre sur la France troublée, ... préparant ainsi l'ordre et la fécondité du grand siècle ». Et si le nom de Richelieu revient ici, ce n'est pas seulement par un vieil usage, c'est qu'il y a des instants où une nation éprouvée sent plus vivement le besoin d'attacher ses regards sur l'image de ses grands serviteurs.

Je me souviens d'avoir pu un jour voir de près, toucher avec une indicible émotion ce qui reste de la tête de Richelieu, le masque énergique et fin qui a eu autrefois la vie, sous lequel ont germé de si puissants desseins. Ce grand débris humain, perdu dans les révolutions, puis retrouvé, est déposé ailleurs ; vous avez ici du moins une part de la pensée du glorieux ministre, vous êtes une de ses œuvres. Il vous sied à vous, Messieurs, et vous n'êtes pas disposés à abdiquer cette mission, il vous sied de garder plus que jamais la mémoire et l'honneur de celui qui a tant contribué à faire la France, quand l'infatuation des partis prodigue les apothéoses à tant d'autres qui la défont.

———

RÉPONSE

DE M. MÉZIÈRES

DIRECTEUR DE L'ACADÉMIE FRANÇAISE

AU DISCOURS

DE

M. DE MAZADE-PERCIN

Prononcé dans la séance du 6 décembre 1883.

Monsieur,

Lorsque vous traciez tout à l'heure un portrait si vivant de la famille de Champagny, à la fin du siècle dernier, ne retrouviez-vous pas, parmi les ancêtres de notre regretté confrère, quelques figures que vous connaissez depuis votre enfance? N'appartenez-vous pas, vous aussi, à cette vieille noblesse de province, noblesse de robe et noblesse d'épée, plus riche d'honneur que d'argent, étrangère et indifférente aux intrigues de cour, accoutumée en général à ne recevoir du roi d'autre faveur que la permission de se ruiner ou de se faire tuer pour lui? Du haut de leurs cadres ternis par le temps, quelque chevalier de Saint-Louis, quelque aimable chanoinesse, quelque grand oncle poudré et voltairien ne vous souriaient-ils pas à votre entrée dans la vie? Ne vous conseillaient-ils pas, comme à M. de Champagny, de ne rien demander aux pouvoirs de ce monde? Vous leur devez sans doute, comme lui, ce sentiment d'indépendance qui vous a écarté de toutes les fonctions publiques. Vous non plus, vous n'avez voulu rien être, excepté académicien, pour le grand honneur et le grand profit de notre compagnie. Vous avez même mieux réussi que votre prédécesseur à sauver votre liberté. Car enfin, vous venez de nous le dire, M. de Champagny, si modeste et si inoffensif, n'a pu se défendre d'être un instant magistrat, et, par un piquant contraste, presque aussitôt accusé. M. de Champagny accusé de troubler la paix publique, voilà un de ces exemples qui doivent nous rendre indulgents pour notre temps. Ne nous plaignons pas trop des erreurs et des injustices contemporaines; il y en a eu dans tous les temps, sous tous les régimes.

Si quelqu'un a jamais professé des opinions rassurantes, c'est à coup sûr le confrère si estimé et si honoré auquel vous venez de rendre un juste hommage. M. le comte de Champagny portait noblement un nom historique; il retrouvait le souvenir de son père parmi ces officiers de marine qui illustraient, au XVIII⁰ siècle, les dernières années de la monarchie française; il le retrouvait encore dans la France renouvelée par la Révolution, aux États généraux, dans les conseils de Napoléon Iᵉʳ, au Ministère de l'intérieur, au Ministère des affaires étrangères, à la Chambre des pairs de la Restauration.

Notre confrère avait l'esprit trop sérieux pour tirer
vanité de ce qu'il devait à sa naissance. Les traditions de
sa famille étaient pour lui moins un avantage qu'une obli-
gation. Il se croyait tenu de faire honneur aux siens par
le bon emploi de son temps, par la dignité de sa vie, par
une application constante aux travaux les plus élevés, aux
plus nobles devoirs. Lorsqu'il entra, il y a quatorze ans,
dans notre compagnie, il invoquait comme son principal
titre « le goût des lettres et l'amour persévérant de
l'étude ». Il borna, en effet, son ambition à la connaissance approfondie d'une des grandes époques de l'histoire.
Ni la politique ni la diplomatie, pour lesquelles son nom
le désignait, ne l'attirèrent. Il aima mieux raconter des
évènements anciens que prendre une part active aux évènements de son temps. Pour le repos et pour l'honneur
de sa vie, il n'avait pas choisi la plus mauvaise part. Les
lettres ne trompent jamais ceux qui les aiment; ce sont
des compagnes fidèles, d'un commerce plus sûr et d'une
humeur moins inégale que la politique. M. de Champagny
leur a dû toutes les joies qu'il attendait d'elles, et, par
surcroît, une récompense que sa modestie n'aurait jamais
osé espérer : l'honneur de remplacer à l'Académie l'un des
hommes qu'il aimait, qu'il admirait le plus, l'éloquent
défenseur de la royauté et de la foi, l'illustre Berryer.

L'œuvre considérable qui occupa la plus grande part
de sa vie, l'histoire de l'Empire romain, de César à Constantin, représente un immense travail. Et cependant ce
n'est ni l'exactitude des recherches ni l'étendue des infor-
mations qui donnent leur véritable prix à cette longue
série d'études. Le sentiment profond qui inspire l'auteur

nous communique quelque chose de l'émotion qu'il éprouve lui-même en racontant les faits. Il obéit à un besoin impérieux de son cœur lorsqu'il recherche avec amour, sous les dehors brillants de la civilisation romaine, sous le faste voluptueux et cruel de l'empire, les commencements obscurs du christianisme.

Il s'occupe des païens par devoir, pour remplir l'office d'un historien exact et consciencieux, pour ne rien négliger de son sujet. Mais il ne trouve un accent personnel qu'en descendant dans les catacombes, en visitant dans leurs sanctuaires primitifs les humbles ouvriers qui préparent la régénération du genre humain. Il parle d'eux comme un petit-fils parle de ses ancêtres, avec recueillement, avec piété; ce sont les aînés de la grande famille chrétienne à laquelle il est fier d'appartenir. Il est uni à eux par l'étroite solidarité de la foi. Il souffre de leurs douleurs; il savoure avec eux la lente agonie du martyre ; il se sent capable d'affronter comme eux la dent des bêtes féroces. Il se voit en imagination dans le cirque priant pour ses bourreaux, pendant que les lions rugissent et que la foule bat des mains.

Si M. le comte de Champagny avait vécu dans un temps de persécution, il aurait confessé sa foi à travers tous les périls. Ne pouvant souffrir pour elle, il éprouvait du moins le besoin de la confesser en toute circonstance, dans les petites comme dans les grandes occasions. Nous avons été plus d'une fois témoins de la vivacité touchante de ses sentiments chrétiens. Lorsque, par hasard, le rédacteur de notre Dictionnaire historique, fût-ce même le religieux M. de Sacy, citait une phrase un peu libre sur une question religieuse, notre vénéré confrère se sentait en quelque sorte personnellement atteint. Cet homme, ordinairement si doux, prenait la parole avec véhémence pour témoigner sa réprobation. Il ne pouvait lire non plus quelques paroles suspectes dans un des livres qui sont présentés à nos concours sans protester avec énergie, de toute la force de ses convictions.

Mais la loi que le christianisme apporte au monde est une loi d'amour; il a conquis les âmes par la charité. M. le comte de Champagny avait trop bien raconté les bienfaits de la primitive Église, il avait trop bien montré comment l'Évangile adoucit les mœurs romaines, il était d'ailleurs trop pénétré de l'esprit chrétien pour que la bonté ne fût pas le trait dominant de son caractère. Tous ceux qui l'ont connu lui rendront le même témoignage. Sa charité était exquise; il aimait à donner; sa grande joie était de faire des heureux. Il est un des hommes de notre temps qui, sans tapage, sans ostentation, discrètement, simplement, ont fait le plus de bien.

Son dernier acte académique a été encore une bonne action. C'est lui qui, l'année dernière, quelques jours avant sa mort, nous lisait le rapport sur les prix de vertu. Il se réjouissait de la riche moisson de l'année ; il parlait avec une émotion pénétrante de tant de sacrifices volontaires et obscurs, de tant de dévouements héroïques qui continuent, sur cette terre de France, la noble tradition de la charité.

Quand on a si bien vécu, on peut mourir en paix. Notre cher et regretté confrère a été assailli, à ses derniers moments, par de violentes douleurs physiques, mais son àme est restée calme. Il ne s'effrayait pas d'entrer dans l'éternité ; il y entrait avec une conscience pure, avec une foi profonde, avec une confiance inaltérable dans la bonté divine. Il croyait non pas finir, mais commencer une vie nouvelle éclairée d'immortelles espérances. Cette douceur d'une fin chrétienne, M. de Champagny l'avait exprimée plus d'une fois avant de la ressentir, il en avait eu la vision dans ses peintures de l'Église primitive. Chez lui, le travail de la pensée aboutissait ainsi naturellement à un acte de foi ; l'écrivain se subordonnait de lui-même au chrétien, sans calcul comme sans efforts, par une sorte d'inspiration qui venait du plus profond de l'âme.

Si l'on voulait caractériser son œuvre littéraire, on y remarquerait une parfaite unité. Dominé par une pensée unique, votre prédécesseur s'est consacré à un sujet unique. Il n'a pris la plume que sous le coup d'une émotion pieuse, pour suivre dans l'histoire les traces glorieuses du christianisme. L'activité de votre esprit se porte, au contraire, depuis quarante ans, sur les sujets les plus divers. Tantôt ce sont les grands noms et les grands évènements de l'histoire étrangère qui vous attirent ; tantôt c'est la France qui vous retient. Vous l'admirez dans ses jours de gloire, vous la consolez dans ses jours d'épreuve. Vous connaissez l'histoire de la Pologne aussi bien que celle de l'Espagne ou de l'Italie. Les contrastes mêmes ne vous effraient point ; dans les études biographiques auxquelles se complaît surtout votre talent, dans la série de portraits que vous tracez d'une main si exercée, vous passez sans embarras de Mme Roland à Marie-Antoinette, de Montalembert à Guizot, de Lacordaire à Michelet.

Il ne serait cependant pas impossible de ramener la diversité de vos travaux à une inspiration unique, à une tendance persistante de votre esprit. Un goût irrésistible vous porte vers les questions historiques et politiques ; quoique très attentif aux qualités du style, à la pureté et à l'élégance du langage, vous n'éprouvez presque jamais la tentation d'étudier une œuvre ou une vie purement littéraire ; votre critique si ferme et si mesurée s'attaque rarement à la poésie, au théâtre, au roman, aux ouvrages d'imagination ; elle ne se trouve à l'aise que sur le terrain solide des faits. Comme M. Buloz vous connaissait bien, avec quelle sûreté de jugement il devinait votre véritable vocation lorsqu'il vous confiait la chronique politique de la *Revue des Deux-Mondes,* où vous ne cessez, depuis quinze ans, de justifier son choix ! Vos travaux antérieurs l'avaient éclairé ; en tacticien consommé, après vous avoir vu au feu, il vous désignait pour un poste de combat.

Nous voici donc entraînés à votre suite sur la mer orageuse de l'histoire et de la politique contemporaines ; je ne la cherchais pas, je suis obligé par devoir de vous y suivre. Si on me le reprochait, je répondrais que je n'avais que ce moyen de vous rencontrer. Éviter la politique en vous répondant serait aussi malséant que de ne point parler de théâtre à un auteur dramatique, de roman à un romancier. Votre modération bien connue rendra, du reste, ma tâche moins périlleuse.

Partout, en effet, où vous porte votre infatigable curiosité, vous jugez les hommes et les choses avec le désintéressement d'un esprit indépendant, avec l'accent d'un libéralisme sincère. Aussi bien vous êtes-vous formé de bonne heure à l'école la plus libérale de ce siècle ; vous avez vécu par la pensée avec M. de Serre, avec Cavour, avec Lamartine, avec M. Thiers.

La leçon principale que vous ont donnée ces grands esprits, c'est de vous attacher aux institutions libres, comme à la seule forme de gouvernement que puissent supporter les sociétés modernes. Vous avez vu plus d'une éclipse du régime parlementaire, vous avez assisté au repentir de plus d'un libéral converti à la doctrine du pouvoir absolu. Votre foi n'a pas faibli. L'idéal de votre jeunesse reste encore celui de votre âge mûr. Ni les victoires de la force, ni l'emportement des passions populaires ne vous ont pour complice. Vous ne donnez raison aux vainqueurs que si les vainqueurs commencent par mettre la raison de leur côté. Vous ne craignez pas d'être compté parmi les vaincus si le droit est vaincu avec vous. Préférer la défaite aux capitulations de conscience, les sacrifices de fortune aux sacrifices d'opinion, voilà le véritable signe de la probité politique. Aussi votre nom est-il entouré d'un légitime respect. Que de causes justes vous avez déjà défendues, que de fois vous avez rappelé à la modération, au bon sens, à l'équité, les victorieux enivrés de leurs succès ! Peut-être même tenez-vous un peu trop à rester du parti des vaincus. On dirait que vous avez peur de paraître indulgent pour les représentants du pouvoir. On ne vous reprochera jamais à leur égard aucune complaisance. Ne pourrait-on vous reprocher quelque sévérité ?

Oui, Monsieur, du haut de cette tribune de la *Revue des Deux-Mondes* où, deux fois par mois, vous parlez non seu-

lement à la France et à l'Europe, mais aux parties les plus
lointaines du monde civilisé, vous êtes quelquefois sévère
pour les gouvernements. C'est votre droit, je n'y contredis
pas, et je vous avoue même tout bas que je pense souvent
comme vous. Mais ne vous arrive-t-il pas quelquefois de
vous reporter en arrière et de comparer l'admirable liberté
dont vous jouissez aux précautions que la dureté des
temps imposait à vos prédécesseurs? Songez-vous à ce
qu'il fallait de souplesse à un Forcade, à un Prévost-
Paradol, pour faire entrevoir quelques vérités courageuses
sous la prudence calculée du langage? Les plus grandes
hardiesses se bornaient alors à des sous-entendus ingé-
nieux, à des allusions discrètes qui vous paraîtraient
aujourd'hui bien timides. Vous avez le champ plus libre,
Monsieur, votre critique n'a de limites que votre bon
goût et la délicatesse naturelle de votre esprit. J'aimerais
à vous entendre dire de la République ce que M. de
Rémusat disait de la Restauration : « Je n'ai jamais eu
un grand fonds d'aigreur contre elle ; je lui savais gré en
quelque sorte de m'avoir donné les armes dont je me
servais pour la combattre. » Ne serait-il pas équitable de
rendre cette justice à notre temps? Il a de grands défauts,
mais il permet qu'on les lui reproche et, s'il ne s'en cor-
rige pas, ce ne sera pas faute d'avoir été averti par une
presse indépendante.

La liberté console de bien des choses ; il n'y a qu'une
douleur qu'elle ne puisse consoler, c'est celle dont souf-
frait le comte de Cavour, lorsqu'il voyait sa patrie occupée
par l'étranger. Nous traitions autrefois ces questions avec
un complet détachement de nous-mêmes, comme si de

semblables malheurs ne pouvaient nous atteindre. Nous entrions dans les douleurs des autres, sans soupçonner que nous pouvions les éprouver à notre tour. Aujourd'hui c'est notre propre histoire qui nous émeut à travers l'histoire de l'Italie. Nous connaissons, nous aussi, la longue obsession du patriotisme que vous suivez d'année en année dans l'âme énergique de Cavour. Quel enseignement que la vie de ce grand citoyen et dans quel noble langage vous nous la racontez !

Après la sanglante bataille de Novare, le Piémont paraissait réduit à l'impuissance, l'Italie plus que jamais livrée à la domination étrangère ; mais dans ce désastre il restait aux Italiens deux hommes, un roi et un ministre. C'est l'union de ces deux intelligences et de ces deux volontés qui ont fait la patrie italienne. Avec le temps, les difficultés se multipliaient ; le ministère rencontrait sur sa route une opposition de droite qui l'accusait d'être trop libéral, une opposition de gauche qui lui reprochait de ne point partager les passions révolutionnaires ; le Trésor était vide ; l'Autriche restait menaçante ; les monarchies du continent voyaient avec défiance et les gouvernements de la Péninsule avec inquiétude le petit État qui, seul en Italie, prétendait conserver des institutions libres. Mais le génie politique est fait de patience. Tenace et habile, poursuivant la même idée à travers tous les détours, nouant des relations commerciales, cherchant des alliances sous le couvert des intérêts, hardi ou modeste suivant les occasions, ne gâtant jamais les affaires par une susceptibilité exagérée, comprenant la nécessité des sacrifices d'amour-propre et des concessions person-

nelles, le comte de Cavour mettait en pratique la recom-
mandation que lui avait faite M. Thiers : « Ayez patience ;
si, après vous avoir fait manger des couleuvres à déjeuner,
on vous en sert encore à dîner, ne vous dégoûtez pas. »

Il ne se dégoûtait pas. Après avoir montré la souplesse
de son caractère, il guettait le moment de montrer sa
force ; il attendait son heure, et il la trouvait lorsque, sou-
tenu par la confiance du roi, malgré les appréhensions de
ses collègues, de la Chambre et du pays, il envoyait un
corps de troupes piémontaises rejoindre en Crimée les
armées de la France et de l'Angleterre. Ce jour-là le
Piémont sortait de son isolement et de son rôle de petit
État, il prenait place à côté des grandes puissances et il
introduisait avec lui dans les conseils de l'Europe la question de l'indépendance italienne. C'était la revanche de
Novare ; comme le disait un diplomate prussien : « C'était
un premier coup de pistolet tiré à l'oreille de l'Autriche. »

Cette influence d'un homme sur une nation, cette dic-
tature morale s'exerçait dans un pays de libre discussion, sans être imposée à personne, sans autres moyens
de défense contre tous les genres d'opposition que la
séduction d'un esprit toujours présent et l'autorité d'une
éloquence infatigable. Cavour n'eût pas consenti à gouverner dans d'autres conditions ; il entendait n'exercer le
pouvoir que sous le contrôle des Chambres, avec toutes
les difficultés et toutes les responsabilités du régime parlementaire. Comme on lui faisait observer un jour qu'une
mesure proposée par son ministère lui coûterait moins
d'efforts sous un gouvernement absolu, il répondait vivement et noblement :

« Vous oubliez que, sous un gouvernement absolu, je n'aurais pas voulu être ministre et que je n'aurais pu le devenir. Je suis ce que je suis, parce que j'ai la chance d'être un ministre constitutionnel. Le gouvernement parlementaire a ses inconvénients, comme les autres gouvernements, et avec ses inconvénients il vaut mieux que tous les autres. Je puis m'impatienter de certaines oppositions, les repousser avec vivacité, et puis, en y réfléchissant, je me félicite de ces oppositions, parce qu'elles m'obligent à mieux expliquer mes idées, à redoubler d'efforts pour convaincre l'opinion générale. Un ministre absolu ordonne ; un ministre constitutionnel a besoin pour être obéi de persuader, et je veux persuader que j'ai raison. Croyez-moi, la plus mauvaise des Chambres est encore préférable à la plus brillante des antichambres. »

Un jour vint où Cavour obtint pour son pays une alliance décisive. Cette histoire date d'hier, et cependant elle paraît déjà vieille, tant a grandi le modeste client de la France de 1859. Qui reconnaîtrait aujourd'hui dans le robuste royaume d'Italie la plante fragile qui s'appelait alors le royaume de Piémont ? N'insistons pas. Les peuples ont leur fierté, comme les particuliers ; ils n'aiment pas qu'on leur rappelle la modestie de leur origine, encore moins ce qu'on a pu faire pour eux. Vous l'avez compris, Monsieur, vous parlez d'amitié et non de reconnaissance. Nous n'avons pas besoin de nous vanter nous-mêmes, de réclamer en quelque sorte le prix de nos services. Magenta et Solférino parlent assez haut ; voilà le souvenir qui reste impérissable entre la France et l'Italie, le gage d'une solidarité qui n'est pas à l'abri des vicissitudes humaines,

qui peut être troublée par quelques orages, comme toutes
les amitiés, mais qu'aucune des deux nations ne pourrait
détruire la première sans éprouver un sentiment douloureux et comme l'impression d'un fratricide.

Des ouvrages tels que le vôtre, Monsieur, d'un accent si
cordial, d'une inspiration si élevée, ne peuvent que res-
serrer les liens de deux peuples amis. Vous venez ainsi au
secours de notre diplomatie ; vous faites plus qu'une belle
œuvre, vous faites une bonne action, une action patriotique. Une Italienne distinguée répondait récemment à
votre pensée. Après avoir visité le champ de bataille de
Solférino, après s'être agenouillée, comme le font chaque
année un si grand nombre de ses compatriotes, dans l'os-
suaire où dorment les restes de nos soldats, après avoir
tourné d'une main pieuse les pages de l'album où sont
conservés les portraits et les biographies des officiers
français morts pour l'Italie, elle éclatait en sanglots, en
transports de sympathie pour la France, et, en m'envoyant
le manuscrit de ses impressions, elle me priait de le
remettre à l'historien de Cavour. Elle me pardonnera de
vous offrir aujourd'hui publiquement cet hommage de
l'Italie à la France.

L'histoire du comte de Cavour nous montre comment
se fait une nation : vos récits de la guerre de France nous
rappellent par quelle série d'épreuves notre pays a passé
avant de subir la destruction de son unité séculaire.
Lugubre défilé d'illusions évanouies, d'espérances toujours renaissantes et toujours trompées, d'efforts impuissants, de batailles perdues, de capitulations désespérées,
De temps en temps, quelque beau souvenir de dévouement

ou d'héroïsme repose l'esprit accablé sous le poids de la succession de tant de malheurs. Dans cette tragédie de la réalité, il y a des haltes et des temps d'arrêt, comme dans les fictions tragiques d'un Eschyle ou d'un Sophocle. Ici c'est l'armée de Metz un instant victorieuse dans une des plus sanglantes batailles de ce siècle et montrant chaque fois qu'elle rencontre l'ennemi ce qu'elle aurait pu faire si elle avait été commandée par un chef plus digne d'elle. Là, c'est la population parisienne supportant sans se plaindre la faim, le froid, les maladies, offrant au gouvernement près de cent mille vies humaines pour prolonger de quelques jours la défense nationale. Puis c'est le rayon de gloire que jettent sur nos armes la victoire de Coulmiers, les journées de Villersexel et de Bapaume, les belles manœuvres de la deuxième armée de la Loire et de l'armée du Nord.

Dans les derniers jours, quelques hommes restent encore et résistent jusqu'à la fin sans désespérer du salut de la patrie. Vous avez tracé le portrait de chacun d'eux. Il serait peu convenable de parler ici des vivants ; mais deux des plus glorieux sont morts. Vous me permettrez de m'arrêter avec vous devant ces deux figures devenues historiques. L'un avait des défauts pour lesquels il vous serait difficile d'être indulgent ; il appartenait à cette démocratie ardente dont l'agitation déconcerte un peu vos idées pondérées de conservateur libéral. Vous ne pouvez néanmoins méconnaître l'activité de son esprit, la séduction qu'il exerçait sur tous ceux qui l'approchaient, l'ardeur patriotique dont il animait les populations et l'ébranlement qu'il communiquait à toutes les parties du territoire. Avant qu'il fût arrivé à Tours, les grandes villes s'agitaient dans une impuissance fébrile, le reste de la province attendait les évènements avec résignation, dans une sorte d'abattement mélancolique. Dès qu'il parut, il enflamma tout le monde du feu de sa parole, il releva les courages, il excita les dévouements.

Qu'il y ait eu dans une série d'entreprises aussi rapides et aussi multipliées bien des maladresses et des incohérences, est-ce une raison pour ne pas rendre hommage à l'indomptable vitalité de ce patriotisme ? L'énergie et la durée de la résistance ne sauvaient-elles pas du moins ce qui nous reste encore aujourd'hui du patrimoine national, l'honneur d'un grand peuple ? L'instinct généreux de la démocratie ne s'y méprenait pas. Les funérailles auxquelles nous avons assisté, l'émotion générale du pays, l'empressement des populations, les couronnes apportées, sur cette tombe ouverte trop tôt, de tous les points de la France, et plus particulièrement de l'Alsace-Lorraine, s'adressaient moins au politique qu'au représentant de la défense nationale. A une heure tragique de notre histoire, il était passé dans l'âme de Gambetta quelque chose de l'âme même de la patrie ; il en avait personnifié un instant les efforts et les espérances. C'était là le secret de sa popularité, de l'ascendant qu'il exerçait sur des générations encore toutes pénétrées de regrets patriotiques.

A peine avions-nous perdu une de nos espérances qu'une autre douleur fondait sur nous. Après le puissant orateur, le soldat de la défense nationale disparaissait à son tour.

Pour parler dignement du commandant en chef de la

deuxième armée de la Loire, il faudrait emprunter la plume de celui de nos confrères qui commandait si vaillamment l'armée d'Afrique au moment où commençait la renommée militaire du jeune Chanzy. L'historien du grand Condé et du maréchal de Guébriant saurait trouver les traits nécessaires pour peindre dans toute sa beauté cette mâle physionomie.

Le 1er décembre 1870, des colonnes d'attaque vigoureusement conduites enlevaient à l'ennemi plusieurs villages aux environs de Pithiviers, et le lendemain recommençaient le combat avec la même vigueur. C'était un nouveau général qui se révélait. Il arrivait d'Afrique pour prendre successivement, en quelques jours, le commandement d'une division, d'un corps d'armée et bientôt d'une armée entière. La rapidité de cette fortune ne l'étonnait pas plus que la grandeur du péril ne l'intimidait. Son énergie croissait avec les difficultés. Après une première action brillante et heureuse, il se voyait séparé d'une partie de ses compagnons d'armes, forcé de battre en retraite et condamné à la redoutable tâche de composer, sous le feu d'un adversaire victorieux, une nouvelle armée avec les débris de plusieurs corps désorganisés.

Les évènements ne lui laissaient que quatre jours de répit, et en quatre jours il avait fait face à tout. Lorsque les Allemands, définitivement maîtres d'Orléans, croyaient toute résistance brisée au centre de la France, ils se heurtaient tout à coup aux fortes positions occupées par Chanzy. Attaqué tous les jours, ce commandant en chef d'une armée improvisée opposait tous les jours une résistance opiniâtre. Quoiqu'il n'eût sous la main que de jeunes

soldats et des cadres insuffisants, il les formait en les
entraînant sur le champ de bataille, il les menait hardi-
ment au feu contre de vieilles troupes aguerries par de
longs combats et par l'habitude de la victoire. Il défendait
ainsi le terrain pied à pied, en infligeant à l'ennemi des
pertes cruelles. Lorsque l'épuisement de ses divisions et
le nombre croissant de ses adversaires l'obligeaient à se
replier, il se retirait à temps dans une direction choisie par
lui, où il s'était ménagé d'avance une ligne de retraite
assurée.

La ténacité de Chanzy étonnait et déconcertait les vainqueurs ; on espérait toujours le saisir, l'envelopper dans
un de ces mouvements tournants qui avaient si bien réussi
au commencement de la guerre, détruire son armée d'un
seul coup, comme on avait détruit l'armée de Sedan. Mais
il-pénétrait le secret de la stratégie allemande, il se déro-
bait aux étreintes dangereuses, et, jusqu'à la signature de
la paix, il conservait une armée à la France. Au prix de
quelles fatigues et de quels sacrifices ! ceux-là seuls pour-
raient le dire qui ont suivi pas à pas, dans leurs douloureuses étapes, ces régiments de la dernière heure, de
Josnes à Vendôme, de Vendôme sur les routes défoncées
du Perche et du Maine. Trois lignes de retraite avaient
été défendues l'une après l'autre : la Loire, le Loir, la
Sarthe ; on se retranchait encore sur la Mayenne.

Mais que d'hommes on avait perdus en chemin, dans
la boue, dans la neige, pendant les nuits glaciales de
décembre et de janvier ! La durée d'une telle épreuve était
au-dessus des forces d'une troupe sans expérience, qui
rencontrait à ses débuts les plus cruelles extrémités de la

guerre, sans y avoir été préparée par une éducation militaire, par le sentiment d'une longue solidarité, par l'habitude de l'obéissance et le respect de la discipline, **qui** font la force des vieux soldats. Des bataillons entiers fondaient en quelques jours sous les yeux des chefs impuissants; la lassitude, le découragement, les maladies éclaircissaient les rangs d'heure en heure.

Le lendemain, cependant, une volonté énergique ramenait au feu les débris des régiments dispersés et obtenait encore d'eux de vigoureux efforts. Que n'eût-elle pas obtenu de troupes plus aguerries? La fatalité de cette guerre nous envoyait des généraux lorsque nos meilleures armées étaient prisonnières et qu'il ne restait plus, pour nous défendre, que des soldats improvisés. Si les hommes manquèrent quelquefois à Chanzy, lui, du moins, ne leur manqua jamais. La France mesure la reconnaissance qu'elle lui doit, non à des victoires qu'il ne dépendait pas de lui de remporter, mais à l'énergie d'une résistance dont il était l'âme. Sans lui, sans ses lieutenants intrépides, la deuxième armée de la Loire se fût dissipée à la première défaite. Il la sauva d'elle-même et il illustra de glorieux souvenirs sa douloureuse histoire.

Il nous inspirait la confiance dont il ne cessa d'être animé jusqu'à son dernier jour. Qui de nous ne s'est senti frappé en apprenant sa mort? La douleur publique ne s'est point exhalée en paroles bruyantes; nous n'avons point profané cette noble mémoire par un étalage de déclamations emphatiques. Mais au fond du cœur de tous ceux qui aiment leur pays s'est ouverte une blessure qui saigne encore. La France portera longtemps, dans le

recueillement qui sied aux grandes douleurs, le deuil
d'un de ses plus généreux enfants, d'un de ceux qui, au
milieu de nos désastres, sont restés le plus fidèles à la
tradition de nos vertus militaires en nous donnant le grand
exemple de ne jamais désespérer de nous-mêmes.

L'illustre homme d'État auquel vous consacrez votre
dernier ouvrage n'était pas non plus de ceux qui déses-
pèrent. Je vous remercie, Monsieur, au nom de l'Académie, d'élever un monument à la mémoire de M. Thiers.
Il nous a longtemps appartenu, nous en sommes fiers;
mais il appartenait surtout à la France. Ce n'est pas seulement notre propre dette, c'est une dette nationale que
vous acquittez en racontant une si belle vie. Les générations nouvelles vous devront de la mieux connaître. L'éclat
des dernières années avait rejeté dans l'ombre des parties
essentielles que vous remettez en lumière. Grâce à vous,
nous embrassons maintenant dans son ensemble le mouvement de cette merveilleuse activité qui s'appropriait tous
les sujets, qui touchait à toutes les questions pour les
éclaircir, à tous les problèmes sociaux pour les résoudre
par la raison.

Avant tout, M. Thiers avait le génie de l'action.
« L'homme est né pour agir, » écrivait-il à ses débuts,
lorsqu'il n'était encore qu'un avocat obscur du barreau
d'Aix. Il se sentait dès lors si naturellement appelé à jouer
un rôle actif parmi ses contemporains qu'il transformait la
littérature elle-même en un instrument de combat. L'*Histoire de la Révolution*, sa première œuvre importante,
dépassait les proportions d'un travail purement littéraire.
L'historien prenait parti, avec la vivacité d'un combattant,

pour les principes sur lesquels repose la société moderne contre toute tentative de résurrection du passé. Sans dissimuler les erreurs, sans excuser les crimes, il faisait passer dans son livre l'esprit même de la Révolution, il retrouvait la trace des réformes heureuses, il dressait la liste des conquêtes définitives. C'était comme la révélation d'une histoire un peu oubliée, longtemps obscurcie par la gloire éclatante de l'épopée impériale. Ces souvenirs, évoqués si à propos, ne restaient pas à l'état de simples documents historiques. La main redoutable qui les recueillait les maniait comme une arme de guerre. L'œuvre littéraire continuait ainsi la lutte engagée au *Constitutionnel* et au *National,* lutte émouvante, où l'on finissait par jouer sa tête. Celui qui signait le premier la protestation des journalistes ne savait pas quelle serait l'issue de la bataille. Il savait seulement que sa vie en était l'enjeu.

On aime à se représenter M. Thiers dans tout l'éclat de sa brillante jeunesse, en cette année 1830, où il attirait l'attention de tous ses contemporains, où Lamartine, le rencontrant pour la première fois, traçait de lui ce vivant portrait : « Je vis un petit homme taillé en force par la nature, dispos, d'aplomb sur tous ses membres, comme s'il eût toujours été prêt à l'action, la tête bien en équilibre sur le cou, le front pétri d'aptitudes diverses, les yeux doux, la bouche ferme, le sourire fin, la main courte, mais bien tendue et bien ouverte, comme ceux qui, selon l'expression plébéienne, ont le cœur sur la main... L'esprit était comme le corps, d'aplomb sur toutes ses faces, robuste et dispos. Peut-être, comme un homme du Midi, avait-il un sentiment un peu trop en saillie de ses forces.

Il parlait le premier, il parlait le dernier, il écoutait peu
les répliques, mais il parlait avec une justesse, une
audace, une fécondité d'idées qui lui faisaient pardonner
la volubilité de ses lèvres... C'étaient l'esprit et le cœur
qui parlaient. »

Cette vie, cette aisance, cette bonne grâce, ce parfait
naturel, M. Thiers les portait partout avec lui. Rien ne
l'étonnait ni ne le déconcertait. Ministre à trente-cinq
ans, il faisait face à la fois aux insurrections de la
Vendée et aux conspirations révolutionnaires, il traçait
des routes, il creusait des ports et des canaux, il éle-
vait des monuments, il concevait le plan gigantesque des
fortifications de Paris. Vers la même époque, il entrait
à l'Académie en victorieux que le succès suit partout. Le
spirituel Doudan, qui assistait à sa réception, en rappor-
tait comme la vision éblouissante d'un triomphe éclatant.
« J'ai regret, écrivait-il, que vous n'ayez pas vu M. de
Talleyrand arriver sur les bancs de l'Académie en costume
d'académicien. Il a produit un effet singulier de curiosité,
comme une vieille page toute mutilée d'une grande histoire,
une page que le vent va emporter bientôt. A côté de cette
destinée presque accomplie, M. Thiers arrivait avec toutes
les espérances, tout l'orgueil du présent et de l'avenir. Il
racontait d'un air hardi les agitations qui ont passé sur
l'Europe depuis trente ans. Son discours était vivant ; on
entendait presque rouler les canons de Vendémiaire ; on
voyait la poussière de Marengo et les aides de camp
courir à travers la fumée du champ de bataille ; tout cela
raconté devant des hommes qui avaient vu *César,* et le
Consulat et l'Empire, et par un jeune homme qui avait

concouru à une grande révolution après avoir écrit l'histoire d'une autre révolution, tout cela avec le sentiment que lui aussi serait un jour dans l'histoire. »

En même temps, au milieu des luttes du Parlement, se formait l'éloquence particulière de M. Thiers, souple, abondante, infatigable, cachant sous un air d'improvisation les plus fortes études, habile à frapper les esprits par la vivacité familière, par la clarté et par la logique d'une argumentation entraînante. Une nouvelle révolution, l'avènement soudain du suffrage universel, portaient l'illustre orateur sur un théâtre plus orageux, dans des assemblées plus tumultueuses que celles de la monarchie. Il y conservait, sous le feu des interruptions, toute sa liberté d'esprit ; il s'y imposait par l'autorité de sa parole. Il s'agissait alors de défendre non seulement une forme particulière de gouvernement, mais les principes mêmes de notre organisation sociale, la propriété, le crédit, la liberté du travail, la libre concurrence des industries. M. Thiers se jetait encore une fois dans la mêlée, avec une ardeur toujours jeune, avec une fécondité inépuisable d'arguments ; il soumettait à une impitoyable analyse les systèmes des novateurs, et le droit au travail, et les assignats, et la banque du peuple ; il en faisait toucher du doigt la vanité par une démonstration irrésistible, et, dans des mouvements d'une éloquence indignée, il défiait leurs auteurs d'apporter à la tribune autre chose que des paroles vaines ou de dangereux appels aux passions populaires. Ce fut son originalité et son honneur de rester le plus conservatrue des libéraux, de ne faire aucune concession à l'esprit de la démagogie. Les journées de Juin lui avaient montré jusqu'où l'on conduit le peuple, lorsqu'au lieu de lui parler de ses devoirs, on ne lui parle que de ses droits et de sa toute-puissance.

Aux années d'orages succédaient de longues années de silence que M. Thiers avait prévues avec sa clairvoyance habituelle, lorsque, après les revues passées à Satory, il s'écriait au milieu des frémissements de l'Assemblée législative : « L'Empire est fait. » Le 2 Décembre rendait M. Thiers à la vie privée sans le rendre au repos. Le repos n'était pas fait pour cet esprit actif ; à peine exilé de la politique, il reprenait, au point où il l'avait laissée, sa grande *Histoire du Consulat et de l'Empire,* pour la porter à un degré d'ampleur qui dépassait ses propres espérances. Comme il arrive souvent dans notre pays, les lettres profitaient de ce que perdait la politique. Chaque nouveau volume rajeunissait la gloire de M. Thiers ; l'accueil que recevaient place Saint-Georges les représentants de l'opinion libérale et les étrangers distingués qui traversaient Paris entretenait encore une popularité incontestée. Il se formait ainsi peu à peu, dans la France presque silencieuse, à côté du pouvoir officiel, une puissance purement morale, destinée à tenir bientôt en échec un gouvernement qui se croyait assez fort pour se passer de contrôle. Le retour de M. Thiers dans une Assemblée, en 1863, fut comme la rentrée en scène de l'esprit parlementaire dont il restait la plus haute personnification. Chaque fois qu'il parla au Corps législatif, la France libérale se reconnut à ces accents fiers et attristés, aux appréhensions causées par une politique étrangère nouvelle dans notre histoire ; elle reconnut encore mieux ce qu'elle redoutait elle-même, l'écho de ses anxiétés dans la séance inoubliable où, presque seul contre tous, l'intrépide vieillard essayait de s'opposer à la déclaration de guerre. On eût dit que c'était la patrie elle-même qui parlait en suppliante par sa voix, lorsqu'au milieu des interruptions et des outrages, il prononçait ces émouvantes paroles : « Offensez-moi, insultez-moi, je suis prêt à tout subir pour défendre le sang de mes concitoyens que vous êtes prêts à verser si imprudemment. »

A partir de ce jour, il se fit dans tous les esprits, en France et à l'étranger, une confusion inévitable entre la personne de M. Thiers et les destinées de la patrie française. Tout parut suspendu à son dévouement, à son patriotisme. Ce qu'on lui demanda, on ne l'aurait demandé à personne ; ce qu'il fit ne pouvait être fait que par lui. Dans la balance de notre fortune, il pesa plus à lui seul que toutes les forces morales dont nous pouvions encore disposer. Aucun autre représentant de la France n'aurait reçu l'accueil qui lui fut fait pendant le cruel hiver où il s'efforçait d'intéresser à notre cause les chancelleries européennes. On s'inclinait devant sa gloire, encore plus que devant notre malheur. Après la conclusion de l'armistice, c'est lui qu'un million de suffrages désignait pour l'exercice du pouvoir, lui que l'Assemblée chargeait de conclure la paix, de réduire la Commune, de négocier l'évacuation du territoire. Il est rarement arrivé qu'un simple particulier ait personnifié à ce point le destin d'un pays.

Vous l'avez connu, Monsieur, vous avez vécu dans l'intimité de ce grand esprit, vous êtes resté le disciple fidèle du plus ancien, du plus cher de ses amis, de notre illustre et vénéré doyen. Vous pouvez nous dire si M. Thiers méritait la reconnaissance nationale, si, dans les jours heureux ou sombres de notre histoire, vous avez surpris chez lui d'autres préoccupations que l'amour de son pays, que le souci de nos intérêts et de notre grandeur. Le cœur des peuples ne se trompe guère. Si la France l'a tant aimé, si elle le pleure encore, c'est qu'elle sait bien qu'elle ne retrouvera pas de sitôt un fils plus digne d'elle, qui ait plus mêlé son âme à la sienne, qui ait été plus fier de ses gloires, qui ait plus souffert de ses douleurs. De tous les Français de notre siècle, aucun n'a été plus Français que lui.

Personne n'en doutera après avoir lu votre ouvrage. Vous avez raison, Monsieur, de recueillir, lorsqu'ils sont vivants encore, tant de souvenirs chers et sacrés. Vous relevez les âmes, vous retrempez les courages, vous offrez aux jeunes générations l'exemple fortifiant du plus pur patriotisme.

Votre travail est à peine achevé ; vous venez de le terminer pendant que vous attendiez le jour de votre réception. C'est un nouveau titre que vous ajoutez à tous ceux que vous possédiez déjà. L'Académie vous est reconnaissante de cette activité ; elle y voit la promesse de nouvelles œuvres. Vous êtes de ces vaillants sur lesquels nous comptons pour réparer nos pertes. Votre chronique est attendue tous les quinze jours à l'étranger, comme l'expression de ce que des hommes distingués pensent en France sur la politique contemporaine ; beaucoup de personnes ne nous jugent que par vous. La *Revue,* où vous tenez une place si honorable, représente un des éléments essentiels de notre influence extérieure. Continuez à entretenir au dehors la bonne renommée de l'esprit français. Qu'on sache par vous qu'à travers les fluctuations des partis il y a toujours chez nous une élite qui reste fidèle à la politique modérée, une majorité laborieuse à laquelle l'anarchie et la violence font horreur. Ménagez-nous des amitiés, nous en avons besoin. Dites surtout bien haut que nous ne menaçons personne, que notre unique ambition est de travailler en paix au relèvement de la patrie en respectant les relations internationales.

Vous nous rendrez un autre service lorsque vous aurez le loisir d'entreprendre encore une de ces biographies dans lesquelles vous excellez. Vous continuerez ainsi une galerie de portraits qui honorent la France. L'Académie vous avait depuis longtemps distingué, Monsieur; elle avait bien des motifs de vous ouvrir ses portes. Soyez le bienvenu parmi des confrères qui ont le sentiment très vif de ce que vous faites, de ce que vous ferez longtemps encore, nous l'espérons, pour l'honneur des lettres françaises et de notre pays.

Paris — Tv⁰. Firmin-Didot et Cⁱᵉ, impr. de l'Institut, rue Jacob, 56. — 14973.